Little Prankster Girl
At'ééd Ádíláhí Yázhí

Written by Martha Blue
Illustrated by Keith Smith
Navajo by Peter A. Thomas

Salina Bookshelf, Inc.
Flagstaff, AZ 86001
www.salinabookshelf.com

Library of Congress Cataloging-in-Publication Data

Blue, Martha, 1942-
Little Prankster Girl = At'ééd Ádíláhí Yázhí ; translated by Peter A. Thomas. — 1st ed.
p. cm.
Summary: Even more than a new name, Little Pranskter Girl wants to learn how to weave, so she decides to teach herself.
In English and Navajo.
ISBN 1-893354-36-9 (alk. paper)
1. Navajo Indians — Juvenile fiction. [1. Navajo Indians — Fiction. 2. Family life — Fiction. 3. Weaving — Fiction. 4. Navajo language materials — Bilingual.] I. Title: At'ééd Ádíláhí Yázhí. II. Smith, Keith, 1964— ill. III. Title.
PZ90.N38B58 2003
[Fic] — dc21

2003006753

Edited by Jessie Ruffenach
Translated by Peter A. Thomas
Designed by Bahe Whitethorne, Jr.

Printed in Hong Kong

First Printing. First Edition
09 08 07 06 05 04 03 10 9 8 7 6 5 4 3 2 1

The paper used in this publication meets the minimum requirements of the American National Standard for Information Sciences — Permanence of Paper for Printed Library Materials, ANSI Z39.48-1984.

Salina Bookshelf, Inc.
Flagstaff, Arizona 86001
www.salinabookshelf.com

Dedication
This book is dedicated to Karlee Denny, my grandniece, along with my gratitude for her vivaciousness.

— Martha Blue

Shii' hadahodeezbingo k'adę́ę́ haashchéeh nidi ádíshní, "Shimá t'ááshǫǫ́dí atł'ó binashidínííltį̄į̄ł."

Shimá t'óó atł'ó doo shidiizts'ą́ą́' da nahalingo. Shighandóó éí t'áá ałtso da'atł'ó. Shimá éí ayóo daané'é jinídzin doo t'áá aaníí ájíníi da nízingo biniinaa doo nashinitin da. Shimásání k'ad ajitł'ó bíkwijiił'aah bíighah nízin, áhodiilzee'ii' ch'iiyáán ííléhę́ędę́ę́' shimá doo bił hózhǫ́ǫ́góó yich'į̄' háághalii'. T'áá bí t'áá' aaníí íhwiizhdooł'ááł niizį̄į̄'go yee ałgha' deet'ą́ągo shį̄į́ índa nashídínóotį̄į̄ł.

Shideezhí shimáyázhí be'ewéé' Béiibii yił naanéego áádę́ę́' hahootah, "Atł'ó ninitsékees doo bee níłtso da."

"Mother, teach me to weave, *please*!" I begged.   A big lump bobbed in my throat, for I was about to cry.

Mother continued weaving on her Navajo rug as though she hadn't heard me. We were a family of weavers, but Mother wouldn't teach me to weave because she didn't think I was serious enough. Grandmother believed I was ready to learn, and she paused in the preparation of supper to shake her head at Mother. I couldn't be taught to weave until both Mother and Grandmother agreed that I was ready to learn.

"You're not *smart* enough to weave," piped Younger Sister. She was playing with our aunt's baby, whom we called Baby.

"*Dog…dog…dog.*" Shimá bee'atł'ó bee'adzooí tséch'il bee ályaayę́ę̨ yee yitł'ó. Aghaatł'óół nanoolzhee' naaniigo yii'deiidiłt'i'go yaa naaghá. Nídeezidą́ą́' bee'adzooí Tł'ízí Joodláhí bighaa' ałtaa neesdizgo bee yíshó'ą́ą̨ doo nidi haada yit'éégóó yee' atł'ó.

T'áá na'níshtł'ago ádíshní, "Shimá t'ááshǫǫdí."

"At'ééd Ádíláhí…." Shimá áhodiilzee'ii nanoolzhee' yii' aghaa' naaki áłts'íísí léi' ałnánáyííłti. Áádóó ts'aa' k'aalógii bik'i naashch'ą́ą̨'ą́ą̨ bii' aghaa' daaltso, yágo dadootł'izh, tátł'idgo dadootłizh, dadiniltso dóó daaltsxo daneesmasę́ę̨ yitaah ach'id. "At'ééd Ádíláhí…." náádoo'niidii' aghaa' yágo dootł'izhę́ę̨ néiidii'ą́.

Shílá' néłjoł. Shízhi' t'óó **JOOSHŁÁ**. Ashtł'ó dooleeł **NISIN**. Shimá éí t'áá' áyisíí nizhónígo atł'ó bits'ą́ą̨dóó íhwiideesh'ááł nisin. T'áá' ałtso ákodaaní naalyéhé yásidáhí diyógí shimá yaa nááyiiłnihígíí nidi ákwíní.

Shideezhí ch'ééh Béibii ch'iideełdlóóh yich'į' łą' át'į̨į nidi. "At'ééyázhí awéé' ch'íbidííníłdlo'go éí t'ááni báni'díínih," ní shimásání. Bána'a'niih ha'níigo éí lą'í ba'alyééh áko ayóo bił hadlee' łeh.

"*Thump . . . thump . . . thump.*" Mother tapped the weft yarn into place with her oak weaving fork. She looped the yarn sideways into the up and down warp. Her weaving fork worked even though I'd used it a month ago to comb Hated Goat's long, matted hairs.

"*Please*, Mother," I pestered.

"Little Prankster Girl . . . ." Mother paused to piece together two short weft yarns in her up and down warp. Then she fingered the colored yarn balls heaped in her Havasupai basket with the butterfly designs. The yarn balls were yellow, blue, green, tan, and orange. She picked up the sky blue yarn. "Little Prankster Girl . . . ." she said again.

I clenched my fists. I HATED my name! I WANTED to weave. And I wanted to learn from Mother, who was the best weaver. Everyone said she was, even the trader who bought Mother's rugs.

Younger Sister made faces at Baby, trying to make Baby laugh. Grandmother said, "Younger Sister, if you are the first person to make Baby laugh, you'll have to sponsor her giveaway ceremony." A giveaway meant the baby got lots of presents so that when she grew up she would be generous.

"Dog...dog...dog." T'áá bahat'aadí nahodínéeshtxįįł daats'í nízin shimá.

"At'ééd Ádíláhí t'áá íídą́ą́' ha'niłchaad yééhósin," níigo shimásání bikáá' at'eesí bikáa'gi átsą́ą́' niiní'ą́. "Ei bee ha'nilchaadí daané'é yikáá' aghaa' ninéíłjołgo yee k'ézdongo háiniłcha'."

Shimásání bee iiltsxóhí niłchxóngo yiłbézhę́ę hó'anoolghaazh. Bee'ebézhí nááś yideeshóód. Éí k'isdiilyísii yiłbéezhgo díkwíí shį́į́ ahéé'ilkid dóó k'ad bitoo' yee hahaasdiz ałtso daaltso daazlį́į'. Hahaasdiz tó bą́ą́h nááłį́igo ásaa' bikáa'gi dah yoołjoł ałtso tó bą́ą́h náána'go áádóó bił'adaalkaał áahsitą́ bą́ą́h háá'áhą́ą yą́ą́h dah yidiyiiłjool.

"At'ééd Ádíláhí t'áá' aaníí át'į́įgo ha'niłchaad dóó adiz. Hanoolchaad yidizgo yee bee'atł'ó ííł'į́," níigo shimásání hanáánáádzíí'.

Shimá t'áadoo íits'a'í t'óó tsį́įłgo atł'ó.

"*Thump . . . thump . . . thump.*" I could tell Mother was thinking about whether to teach me to weave.

"Little Prankster Girl already knows how to card wool," said Grandmother, putting mutton ribs on the grill over the fragrant juniper fire. "She places some sheared wool on her little tow cards' teeth and pulls the cards back and forth until the wool is straight."

Grandmother's stinky dye pot boiled over. *Hiss. Hiss.* She moved the pot. She had cooked rabbitbrush stems for hours to get the water yellow-colored, and now all the yarn skeins were bright yellow. She held the wet yarn over the pot until the dripping stopped, and then hung the yarn skeins from the nails in the ceiling logs.

"Little Prankster Girl already knows how to spin the carded wool into yarn," continued Grandmother. "She has been serious about carding and spinning."

Mother worked faster on her rug and said nothing to Grandmother.

Shimásání áshíłní, "At'ééd Ádíláhí, ei bee iiltsxóóh niik'aazgo níléí yíldzis góyaa yeidííkááł."

Shimásání átsą́ą́' tsííkáa'gi ak'ah bą́ą́h nahidilch'ą́ą́lgo yit'eesę́ę́ náyiiz'ą́. Łiis, Łiis. Áshį́į́h néidii'ą́. Haasdziih nít'éé' t'áadoo hahosoolts'ą́ą' da t'óó shizéé' ą́ą'áhoot'é shimásání áádę́ę́' shinéł'į́. Áshį́į́h łikan áshį́į́h bizis biih yíjaa' ni' niizį́į'go bénááshnii'go shiniitsį' ałtso deichxii'. Nít'éé' yizlį́h dóó t'óó ádiłhaadzolii' áshį́į́h dóó áshį́į́h łikanée ałnááyoo'nil. Shich'a nááhodooshkeed shį́į́ nít'éé' áshį́į́h likan átsą́ą́' bik'és'nilgo, gohwéehgo éí łago át'é.

"Dog...dog...dog." Shimá ná'ooshką́ą́h nidi doo aoo' didooniił da t'óó tsį́įłgo atł'ó. Shii' hadahodeezbingo biniinaa t'óó ałt'ahasdziih.

"At'ééd Ádíláhí, anáá' niitł'ǫǫgo índa ninááł ádeeshłííł," níigo shimá haadzí'ígíí t'óó nabízhnílyę́ę́shgo ájíní nízin.

T'óó shinák'eeshto' bił niishch'iil dóó shijaa bik'i diishnii'ii shigod biníséníi'go bita' góyaa aneesht'ą́ hadeesdzihę́ę́ nidi doo bíigha da. Nááná dooleeł k'ad díkwíidishį́į́ azlį́į'. Ashtł'ó t'áá' íiyisíí bíhwiideesh'ááł nisin, shizhi' łahgo át'éedoo ts'ídá biláahdi át'éego.

Grandmother said to me, "Little Prankster Girl, when the water in my dye pot cools, dump the water in the ditch."

Grandmother turned the ribs. The mutton fat dripped on the fire. *Splat. Sizzle.* Grandmother picked up the salt shaker. I opened my mouth to say something, but nothing came out. She looked at me. I felt my cheeks burn, for I remembered putting sugar in the salt shaker. She tasted it, sighed, and switched the salt and sugar containers. Salty coffee was one thing, but sugary mutton ribs! I would have been in big trouble.

"*Thump. . . thump. . . thump.*" Mother was weaving so fast, I knew she wouldn't say yes to my begging. The lump in my throat made my breathing bumpy.

"Little Prankster Girl," Mother said now in a voice that meant she thought I was daydreaming. "The next rug I weave, I'll show you how."

I couldn't talk. I bent my knees, clasped my arms around them, and buried my head between them. I squeezed my wet eyes shut and covered my ears. The next rug had already gone by several times! More than even having a different name, I wanted to learn to weave.

T'óó nídiish'na' sháháchį'go shimásání be'ésa' bee'iiltsóóh bee sikánée tł'óó'góó chahałheeł biyi' góne dadiiką́. Ásaa'ą́ą bił ni'diyoł. Naaldlooshii naazínéejigo yishkáál yíldzisę́ę bits'ą́ąjigo. Níléi dibé bighandi dibéyázhí dóó tł'ízíyázhí anít'i' yighádanées'á. Dibé bighan tsin akáa'di ní'áhą́ą bikáa'jį' haséką́. Níyol shits'ą́ą' na'ídíníłhóód, ts'idá ákogo Tł'ízí Joodláhí dibéeghan yizgoh. Tóhą́ą dibé bighan biyi'jį' dóó shik'ijį' yaniikaad. Shii' nahodi'ni'go ásaa'ą́ą t'éí náádii'ą́ dóó hooghangóó nánishwod.

Shimá bidahastł'ǫk'e bine'jí nísémasgo nétį́į́'go áhodishwosh. Áádóó shimá nésh'į táá' adeez'á dóó ałk'iih da'a'nil yitł'óogo. Nanoolzhee' yółta'go nésh'į. Nanoolzhee' náás dóó t'ą́ą' deidiłts'óódgo nésh'į. Bee'atł'ó nanoolzhee' bii'dadilt'i'go nésh'į.

"T'óó áhodinilgis nahalingo sínítį," ní shideezhí.

"Át'ééd Ádíláhí t'áadoo baa nát'íní," ní shimá.

Shimásání dahastł'ǫk'e bine' góne' adoolnii'ii shíla' łitsoyę́ę yiyiiłtsood. T'áadoo haadzíi' da. Shimá dó' t'áadoo haadzíi' da.

Angry and hurt, I got up and lugged Grandmother's dye bucket outside into the night. The wind made the bucket sway. At the corral I saw kid and lamb heads stuck through the fence. I went toward the animals, not toward the ditch, and lifted the bucket onto the top rail of the corral. It wiggled in the wind. As I was taking it down, Hated Goat butted the fence. The bucket with its yellow dye water spilled into the corral and on me. I groaned, and then grabbed the empty bucket and ran back to the hogan.

I crawled behind my mother's loom and curled up as though I was asleep. I wasn't. I watched Mother weave triangles and pyramids. I watched her count warp threads. I watched her pull some warp threads forward and others backward. I watched her place the weft yarn in the warp opening.

"You look silly lying there," said Younger Sister.

"Leave Little Prankster Girl alone," said Mother.

Grandmother reached behind the loom and held up my yellow hands. She said nothing. Mother said nothing.

Biiskání abínigo ashtł'óó lágo neeseeł ts'ída ákogo shimá ch'éeshinísid. Áádóó t'óó ch'ílayi' gode díníshʼįįgo sétį. Áko índa íiniizį́į', t'áá shí bíhwiideeshʼááł.

Shimá Tł'ízí Joodláhí bibe' tóshchíín dootł'izhí bik'i yaadziidgo nihá'áyiilaah. Da'iidą́ą'dóó shimá atsį' dah díníilghaazh yił ałch'i' áyiilaago yist'éí shá' áyiilaah. Abaní azis áłahjį' neiłtsoosę́ę yiih yiyíí'ą awéé' bibeeldléí deezhaazhę́ę bił. Díí shigą́ąghah dayistsooz dóó shideezhí yił dibé ch'íinííłgóó íí'áázh.

Béibii bił t'áá sáhí hooghan góne' siiké. Abaní azis bii' déé'į́į'. Nít'éé' t'áá bii' haz'ą́, bee'edzooí, bee'ák'íníltłish, ii'sinil, bee'adizí, bee ha'nilchaadí dóó dahastł'ǫk'eh áłts'íísí shizhé'é shá'áyiilą́ą abaní azis biih nííł'į́į'. Nanoolzhee' neesmasę́ę háí'áanii' yanínáashniigo baa naashá.

Béebii aghaa' neesmasę́ę yanínáashniihgo yinéł'į. Ts'ída aghaa' azis biih yish'ne'go Béebii ch'ídeeldlo'. T'óó' ahayóigo shináátłéél dóó t'óó dínishch'ago désh'į́į'. Béebii t'óó anádloh.

The next morning when Mother woke us, I was dreaming that I was weaving. I opened my eyes. I stared out our hogan's smoke hole. I decided: ***I would teach myself to weave!***

For breakfast, Mother surprised me with my favorite blue cornmeal mush covered with Hated Goat's milk. After the meal, Mother packed a mutton fry bread sandwich and a worn child's blanket in her favorite elk skin traveling bag. She strapped it over my shoulder, and then went with Younger Sister to get the flock out of the corral.

Baby and I were left alone in the hogan. I looked inside the elk skin bag. There was still plenty of room in it, so I hid the miniature weaving tools Father had made me inside: a wooden fork, a batten, a heddle rod, a spindle, a tow card, and a loom only as big as his hand. Then from my mother's yarn basket I plucked a warp ball and tossed it into the air.

Baby watched. I tossed the warp ball into the air again and again. Just when I was about to drop it into the elk skin bag, Baby laughed. My eyes widened and my mouth opened. Baby kept laughing.

T'óó bik'ee tsídeesyizii tsį́į́łgo ch'íníshwod shimá, shimásání dóó shideezhí bił hodeeshnih nisingo. Dibé bighandi dibé dóó tł'ízí daaltsogo bee daalkizh éí t'óó yaa ánídaadloh. Tł'ízí Joodláhí t'óó be'eyóí jóhonaa'éí nahalingo łitso.

"T'áá tł'éégóó Tł'ízí Joodláhí sénih. Tł'ízí łitso léi' yiishnihgo t'áadoo nidi baa' ákonizį́į' da," ní shimá anádlohgo. "Ei lá aláahdi baa dlohasingo íinidzaa. Nílááh At'ééd Ádíláhí dibé níléí hootsotahgóó díníłkaad."

Háágóshį́į́ shił hózhǫ́ǫgo biniinaa awéé' ch'ídeeldlo'ą́ą t'áadoo baa hweeshne' da lá.

Hotsotahdi dibé ch'il dootł'izhígíí deidooyį́łii doo bídįhóyée' da. Tsé si'ą́ągo bikáá'dóó dasédá k'os ałhą'áániiłígíí doo baa' ákonisin da. A'niitł'onígíí t'éí baa naanish nisdzingo ts'ídá táadi azlį́į'go índa nanoolzhee' nídongo íishłaah. Diyogí noodǫ́ǫzgo áshłéehgo baa naashá.

Startled, I ran out of the hogan to the sheep pen to tell Mother, Grandmother, and Younger Sister. At the corral they were all laughing at the sheep and goats, which were splotched yellow. Hated Goat looked like a big, long-haired yellow sun.

"I milked Hated Goat in the dark," said Mother, chuckling. "I didn't know I was milking a yellow goat! Go on, now, Little Prankster Girl – take the sheep to Marshy Meadow. That's the best joke you've played yet."

I felt good that everyone was laughing, and forgot to tell them Baby laughed.

There was plenty of grass for the herd to eat at Marshy Meadow. I sat on a boulder and worked on weaving, hardly noticing the storm clouds that were gathering. It took three tries to get my little loom warped. Finally, the up and down warp threads were pulled tight. I worked on a striped rug.

Ałtso noodǫǫzgo asétł'ǫ ts'ídá ákogo atsiniltł'ish nootł'iizhgo ahootsas dóó adees'nihii bik'ee shił hóóyéé'. Shibee'etł'ó honeetehída azis bii' náhííłtł'íidii beeldléí ák'ísísti'go biyaa góne' ánísts'íísígo sédá. Dibé ałtso shinaagóó haniníjéé'. Tł'ízí Joodláhí bidee' yee shínít'áá bita hoditsizgo. Azis bii' nishé'ch'idii asétł'ónée háíłtsoozii' shijéí bííníshtą', áko k'ad doo bik'ee shił hóyée' da. Atsiniltł'ish t'óó nizhónígo naneeshtł'iizhę̨ę baa nitséskees.

Shimásání t'éí sidáá lágo hooghandi nánísdzá, t'áá ájíłtso awéé' ch'ídeeldlo'ígíí bee hoł hodeeshnih nisin nít'éé'. Íiyą́ą' dóó t'óó iiłhxaazh shimá, shizhé'é, shideezhí dóó awéé' bicha'ch'í'ígíí éí yéego hodíína'go índa nákai lá. Biiskání t'óó dibé dóó tł'ízí ch'ínáá'nish'nil shimásání t'éí ch'énádzid lágo biniinaa.

I finished the striped rug just as a zigzag of lightning flashed. The thunderclap scared me. I popped the weaving and my tools into the bag, then pulled the blanket over my head and made myself small. The herd pressed tight around me. Hated Goat trembled and rubbed her horns on my arm. I searched in the bag for my striped weaving and clasped it to my chest. Now I didn't feel scared. I thought about the beautiful zigzag of lightning I had seen.

I decided I would tell my family about Baby laughing when I got back to camp, but only Grandmother was there. I ate dinner and was asleep when Father, Mother, Younger Sister, and a crying Baby came back very late. The next morning only Grandmother was awake when I left to herd the sheep and goats.

Dahastł'ǫ́k'eh áłts'íísíí bąąh dah náá'ayétł'ǫ́. Hoołtį́į́łgo atsiniltł'ish yiiłtsánée ch'ééh béé'áshdlééh doo át'įį da. Díkwíidi shį́į́ bínánétą́ą́' nidi doo át'įį da áádóó t'óó nikídéshtałii' bik'i déyá.

Éí bee'i'íí'ání awéé' ch'íbidiniłdlo'ą́ą́ ch'ééh baa hashne'. T'óó tł'óó'góó ooljéé' nizhónígo hááyá ha'níigo ałtso ch'ízhníjéé'. Béibii dóó shí t'áásáhí náásiiké, áádóó shimá atsiniltł'ish yéé'iidlaayę́ę́ dínéesh'įįł nisingo bee'adzooí hááhaashchii'jigo bee ła' háábi'iyéłtsih. Béibii anínáánádlo. Doo baa ná'áhodisht'įį́góó t'óó shimá aztł'ónée nésh'į́. Shił bééhoozin jó'ákót'éego ííł'į́į́ lá niizį́į́'. T'ahdoo yah anída'iildééhgóó iilhaazh.

Naakijį́ nináá'nishkaad. Awéé' ch'ídeeldlo'ą́ą́ nidi doo bénáshniih da. Ashtł'óogo biniinaa t'áá ałtsoní doo bénáshniih da. Shimá ts'aa' yee bee'atł'ó neiká bikáa'gi k'aalógii bik'i naashch'ą́ą́' éí bénínáá'iishdlaa. Naakijį́ aleeh góne' hooghangóó náashdááł. Shiziiz nít'i' bikáá' góne' shi'éé' dejį́' bitát'ah góne' sétł'ónée ałtso íínil.

I warped my little loom again that morning. I tried to weave a lightning design like I had seen during the storm, but it didn't work. I tried again and again. At last, I stomped my foot and gave up.

That evening after supper I tried to tell my family that I made Baby laugh, but everyone went outside to see the pretty moon. Baby and I were left alone again. I took the pointed end of Mother's weaving comb and loosened the yarns in the lightning pattern Mother was weaving on her rug. Baby began laughing. I ignored her as I studied my mother's weaving. Now I knew how to do it! Baby and I fell asleep before the family came back.

The next two days I herded. I forgot to tell about Baby laughing. I was so busy weaving I forgot about everything. I spent my time working on a third weaving, using the design from my mother's butterfly basket. Before going home on the second day, I tucked all my weavings into my blouse above my sash.

Shideezhí dibé bighandi naanáálwoł lágo dibé dóó tł'ízí ná’niniłkaad.

"Béibii t'ahdii yicha. Shimásání ání awéé' ch'ídíldlogo doo bána'a'nihgóó yichałee ní," níigo shideezhí hasdah nanigo'go bił dibé yah aná'nííłkaad.

T'áadoo hasdzíí' da.

"Awéé' ch'ídeeldlo' shashin ní shimásání, yiską́ą́go báni'doonih jiní. Doo nihináał da nidi. Háíshį́į́ daats'í doo yaa halne' da ałdó'."

Shideezhí t'óó shiníł'į́ shí éí t'óó néshk'oł.

Ádeeshníiłgi doo shił bééhózin da. Awéé' ch'ídeeldlo'ígi doo baa hashne'ę́ę, k'ad ts'ídá atł'ó dóó shizhi' łahgo ádoolnííł nidi biláahdi át'é, hait'éego da hasht'e deeshłį́į́ł nisin.

When I returned with the sheep and goats, Younger Sister was running around the sheep pen.

"Baby's still crying. Grandmother says if a giveaway isn't held after a baby laughs, then it will cry." Younger Sister huffed and puffed as we shooed the herd into the corral.

I didn't say anything.

"She thinks Baby has laughed, so we're going to have the giveaway tomorrow. Maybe we didn't see her laugh. Or maybe someone isn't telling."

Younger Sister looked at me. I just blinked.

I didn't know what to do. Now more than weaving, more than another name, I wanted to fix making Baby laugh and not telling.

Éí bitł'éé' nahóółtą́. T'áá hąhí da'iilghaazh. Biiskání ch'éénísdzid, shimá aní yiits'a' t'óó báhádzoo hashtł'ish naalyéhé báhooghangóó awéé' bánidoo'nihígíí biniiyé adoodááł nidi doo yá'áshǫǫ da. Hodíína'go shideezhí anádloh yits'a'. Shibeeldléí bilááhdę́ę́' dah yists'ǫłgo shimásání ni'góó ha'át'ííshį́į́ ádaałts'íís léi' náyiiláahgo yiiłtsą́. "Danółʼį́. Awéé' bánidoo'nihígíí. Diyogí yazhí noodǫ́ǫ́z léi'.'"

Shimá dóó shizhé'é bitsásk'ehdę́ę́' ałdó' áają̱' déez'į́į́'.

"Ha'át'íí?" níigo shimá na'ídéélkid.

"Ha'át'íí?" níigo shizhé'é na'ídéélkid.

"Ha'át'íí?" níigo shideezhí na'ídéélkid.

Béibii dó' ch'énádzid dóó áają̱' déez'į́į́' t'óó "Ha'át'íí?" ní nahalingo.

"Kǫ́ǫ́ ła' nááná atsiniltł'ish bik'isiláá léi'. At'ééd Adíláhí yiizį̱į̱h," ní shimásání.

It rained that night. We all went to bed early. When I woke up the next morning, I heard Mother say it was too muddy to go to the trading post to buy presents for Baby's giveaway. A moment after that, I heard Younger Sister giggling. I peeked out of my blankets and saw Grandmother picking up something small on the floor. "Look at this. Here's a gift for Baby. A little bitty striped rug."

Mother and Father sat up from their sheepskin bedding.

"What?" asked Mother.

"What?" asked Father.

"What?" asked Younger Sister.

Baby was awake and watching. That was her, "What?"

"Here's another one with a lightning pattern. Stand up, Little Prankster Girl," said Grandmother.

Yiizį'go shi'éé' bitát'ahdę́ę́' akée'di k'aalógii béé'iishdlaayę́ę háá**ł**hę́ę́zh. Béibii anínáánádloh. Shimásání nínáánéidiiłtsooz dóó t'áá' át'é shimá yeinínil.

T'óó yaa'ásdzaa dóó ałnánidinis'eez.

"Shí Béibii ch'íbidiníłdlo' doo t'áá ákóshłéehgo ásht'į̃į da. Shimá ts'aa' bee'atł'ó yee neikáhí biyi'dóó ła' háí'ą́ dóó yanínáashniihgo éí Béibii yaa ch'ídeeldló'. Bik'ee shił hóóyéego biniinaa doo baa hashne' da. Ashtł'óogo baa naanish shiiłhéego biniinaa ałtso beisénah lá." T'áá shí atł'ó bíhoosh'aahgo biniinaa doo nidi bíighahí baa naasháa da. Ákonidi atł'ó éí ayóo bóhoneedlį́.

I did. The last weaving, the one with the butterfly design, fell from my clothes. Baby started to laugh. Grandmother picked up that one, too. She handed all my little weavings to Mother.

I hung my head and crossed one foot over the other.

"I made Baby laugh. I didn't mean to. I . . . I took some warp yarn from Mother's yarn basket and Baby saw me tossing it and laughed. I was scared to tell. I worked so hard at weaving that I forgot to tell you about Baby laughing. I –" I realized I hadn't pulled a single prank on the days I had taught myself to weave. Weaving was even more fun than doing tricks.

"Shoo níníł'į, nizhóníyee'," ní shimá diyogí yázhí shizhé'é yich'į' dah yoołtsosgo.

Shiniijį' daalchxíi'go shíla' ałk'éésgisgo sézį. Béibii bits'áál yii' naaldzil. Béibii bíighahjį' nitsidíígo' dóó k'e'íí'ahii nídiiłtį.

"Shoo, díí shį́į́ At'ééd Ádíláhí dííjį Béibii yáneidoonih. Dóó…." ni shizhé'é shinéł'į́įgo. Shimá dóó shizhé'é ałch'į' haadzíí' dóó t'óó yidlohgo ahinéł'į.

"Nízhi' ła' ná'ánáádoonííł," ní Shimá, Béibii ch'ínáádeeldlo'.

Shizhé'é ani, "Aoo'." Shimásání yił ahił náádahoolne' dóó shimá shimásání yíla' yikáá' dah deesnii'.

Shimá diyogí yazhí dah yoołtsosgo ání, "Nizhónígo Atł'óhí Yázhí yinílyéedoo. Dííjį́įdóó ítł'ó bínanishtingo hahodoolzhish. Dííjį́."

"Look, Father," said Mother, smiling as she held my little weavings. "They're beautiful."

I twisted my fingers together and stood there red in the face. Baby was straining in her cradleboard. I knelt by Baby, undid her cradleboard ties, and picked her up.

"My, my," said Father. "These will be Little Prankster Girl's giveaway gifts for Baby today. And . . . ." He looked at me. Mother and he whispered, and then smiled at each other.

"You will get a new name," Mother said. Baby laughed.

"Yes," Father said. They whispered more with Grandmother. Mother's hand touched Grandmother's hand.

"Good Little Weaver," Mother said as she stroked my weavings. "Today we will begin teaching you to weave. Today."

Béibii anádlogo ádíistsood.

Baby kept laughing as I hugged her.